suhrkamp taschenbuch 999

AF196397

Eine Minute der Menschheit, der erste Band in Stanisław Lems Bibliothek des 21. Jahrhunderts, ist eine Momentaufnahme der Menschheit an der Schwelle zum 21. Jahrhundert; der zweite, *Waffensysteme des 21. Jahrhunderts*, behandelt die neuen fürchterlichen Waffensysteme, Militärtechnologie und Srategie der Zukunft. *Das Katastrophenprinzip*, der dritte, liefert den allgemeinen philosophischen Hintergrund, die Standortbestimmung des Menschen in der Welt. Das Leben, zumal das intelligente Leben, ist ein ständiger Balanceakt zwischen Katastrophen, die im Weltall eher die Norm sind. Die Spiralwirbel der Galaxien drehen sich wie ein Fleischwolf – ein Fleischwolf, der mal Leben gebiert, mal wieder Leben zermalmt. Dieser Vergänglichkeit allen Lebens ist sich die Menschheit der Zukunft immer schmerzlich bewußt.

Stanisław Lem, geboren am 12. September 1921 in Lwów, starb am 27. März 2006 in Krakau. Sein Werk im Suhrkamp und im Insel Verlag ist am Ende dieses Bandes verzeichnet.

Stanisław Lem
Das Katastrophenprinzip

Die kreative Zerstörung im Weltall

Aus Lems Bibliothek des 21. Jahrhunderts

Phantastische Bibliothek
Band 125

Suhrkamp

Redaktion und Beratung: Franz Rottensteiner
Titel des Originals: The World as Holocaust
Aus dem Polnischen von Friedrich Griese

Umschlagfoto:
Anna Kaczmarz / Reporter / Eastway

7. Auflage 2021

Erste Auflage 1983
suhrkamp taschenbuch 999
© Stanisław Lem 1983
© der deutschen Übersetzung
Suhrkamp Verlag Frankfurt am Main 1983
Suhrkamp Taschenbuch Verlag
Satz: LibroSatz, Kriftel
Druck: CPI books GmbH, Leck
Printed in Germany
Umschlag: Göllner, Michels, Zegarzewski
ISBN 978-3-518-37499-3

Das Katastrophenprinzip
Die kreative Zerstörung im Weltall

Die Menschheit als Rarität
Die kreative Zerstörung
im Weltall
The World as Holocaust

Einleitung

Bücher mit solchen oder ähnlichen Titeln erscheinen erstmals gegen Ende des 20. Jahrhunderts, doch das Weltbild, das sie vermitteln, verbreitet sich erst im folgenden Jahrhundert, als die Entdeckungen, die in weit voneinander entfernten Wissenschaftszweigen aufkeimen, sich zu einem Ganzen zusammenfügen. Aus diesem Ganzen ergibt sich, um es vorweg zu sagen, eine antikopernikanische Wende in der Astronomie, durch die unsere Vorstellungen über den Platz, den wir im Universum einnehmen, umgestoßen werden.

Während die vorkopernikanische Astronomie die Erde in den Mittelpunkt der Welt gerückt hatte, stieß Kopernikus sie aus dieser bevorzugten Position, denn er entdeckte, daß die Erde einer von vielen Planeten ist, welche die Sonne umkreisen. Säkulare Fortschritte der Astronomie bekräftigten die kopernikanische Regel, nach der nicht nur die Erde kein zentraler Körper des Sonnensystems ist, sondern vielmehr dieses ganze System sich am Rande unserer Galaxie, der Milchstraße, befindet; es stellte sich heraus, daß wir innerhalb des Kosmos »irgendwo«, im Vorort eines x-beliebigen Sterns, wohnen.

Während die Astronomie die Evolution der Sterne erforschte, erkundete die Biologie die Evolution des Lebens auf der Erde, bis die Entwicklungswege dieser Forschungen sich schließlich trafen oder vielmehr gleich den Zuflüssen eines Stroms vereinigten, denn die Astronomie machte sich die Frage nach der Verbreitung des Lebens im Kosmos zu eigen, während die theoretische Biologie sie darin unterstützte, und so entstand in der Mitte des 20. Jahrhunderts das erste Programm der Suche nach außerirdischen Zivilisationen unter der Bezeichnung CETI (Communication with Extraterrestrial Intelligence). Jahrzehntelang betrieb man diese

Suche mit immer besseren und immer mächtigeren Apparaturen, doch wurden weder fremde Zivilisationen entdeckt, noch fand man auch nur die geringste Spur von Radiosignalen von ihnen. Damit war das Rätsel des Silentium Universi aufgeworfen. In den siebziger Jahren gelangte das »Schweigen des Kosmos« in die breitere Öffentlichkeit und erregte einiges Aufsehen. Die Unentdeckbarkeit »anderer vernunftbegabter Wesen« wurde für die Wissenschaft zu einem unfaßbaren Problem. Die Biologen hatten bereits die physikalisch-chemischen Bedingungen festgelegt, unter denen aus unbelebter Materie Leben entstehen kann – und das waren durchaus keine ungewöhnlichen Bedingungen. Die Astronomen zeigten, daß es in der Umgebung der Sterne zahlreiche Planeten gibt. Beobachtungen bewiesen, daß ein erheblicher Teil der Sterne unserer Galaxie Planeten besaß. Damit drängte sich der Schluß auf, daß im Verlaufe typischer kosmischer Wandlungen relativ häufig Leben entsteht, daß seine Evolution eine natürliche Erscheinung im Kosmos sein muß und daß die Krönung des Entwicklungsbaumes der

Gattungen durch die Entstehung vernunftbegabter Wesen ebenfalls im Rahmen des Üblichen liegt. Diesem Bild eines bewohnten Kosmos widersprachen indessen die immer wieder vergeblichen Versuche, außerirdische Signale zu empfangen, obwohl eine wachsende Zahl von Observatorien jahrzehntelang nach ihnen suchte.

Nach den Erkenntnissen der Astronomen, Biochemiker und Biologen war der Kosmos voll von Sternen, die der Sonne ähneln, und voll von Planeten, die der Erde gleichen, so daß sich dem Gesetz einer so großen Zahl gemäß das Leben auf unzähligen Globen hätte entwickeln müssen, aber das Abhorchen nach Radiosignalen zeigte überall eine leblose Öde.

Die Wissenschaftler, die im Programm CETI und anschließend im Programm SETI (Search for Extraterrestrial Intelligence) zusammenarbeiteten, entwarfen verschiedene Ad-hoc-Hypothesen, um das kosmische Vorkommen von Leben mit dessen kosmischem Schweigen in Einklang zu bringen. Zunächst behaupteten sie, der durchschnittliche Abstand zwischen den Zivilisationen

belaufe sich auf fünfzig bis hundert Lichtjahre. Nach weiteren Überlegungen mußten
sie diesen Abstand auf sechshundert und
schließlich auf tausend Lichtjahre hinaufset-
zen. Gleichzeitig entstanden Hypothesen
über die Selbstzerstörung der Vernunft;
so stellte von Hörner zwischen der »psychozoischen Dichte« und der Leblosigkeit des
Kosmos einen Zusammenhang her durch die
Behauptung, daß jede Zivilisation vom
Selbstmord bedroht sei, wie er ähnlich der
Menschheit in einem Atomkrieg drohe, so
daß die organische Evolution sich zwar über
Milliarden Jahre hinziehen könne, die letzte,
technologische Phase aber kaum einige Jahr-
tausende dauere. Andere Hypothesen wie-
sen auf die Gefahren hin, die das 20. Jahrhundert sogar in der friedlichen Expansion
der Technologie entdeckte, die mit ihren Ne-
benwirkungen die Biosphäre als Brutstätte
des Lebens vernichtet. Die bekannten Worte
Wittgensteins paraphrasierend, hat einmal
jemand gesagt: »Wovon man nicht sprechen
kann, darüber muß man *dichten*.« Wohl als
erster hat Olaf Stapledon in dem fantasti-
schen Roman »Last and First Men« unser

Schicksal in den Satz gefaßt: »Die Sterne schaffen den Menschen und die Sterne töten ihn.« In den dreißiger Jahren des 20. Jahrhunderts, als er diese Worte schrieb, waren sie allerdings eher »Dichtung« als »Wahrheit«, waren sie eine Metapher und nicht eine Hypothese, die imstande wäre, sich um Aufnahme in das Reich der Wissenschaft zu bewerben.

Jeder Text kann indessen mehr an Bedeutung enthalten, als sein Autor in ihn hineingelegt hat. Vor vierhundert Jahren behauptete Francis Bacon, daß fliegende Maschinen ebenso möglich seien wie Maschinen, die über die Erde dahinsausen und auf dem Meeresboden laufen. Er hat sich solche Geräte zweifellos nicht konkret vorgestellt, aber wir, die wir heute diese Worte lesen, legen nicht nur unser allgemeines Wissen in sie hinein, daß es tatsächlich so gekommen ist, sondern wir erweitern ihre Bedeutung noch durch eine Vielzahl von uns bekannten konkreten Einzelheiten, wodurch das Gewicht jener Aussage sich noch erhöht.

Etwas Ähnliches ist mit der Vermutung passiert, die ich bei der amerikanisch-sowjetischen CETI-Konferenz in Bjurakan 1971 zu Protokoll gegeben habe (man kann meinen Text nachlesen in dem Buch *Problema CETI*, erschienen 1975 im Verlag MIR in Moskau). Ich schrieb damals: »Wenn die Verteilung von Zivilisationen im Weltall *nicht* zufällig ist, sondern festgelegt durch astrophysikalische Gegebenheiten, die wir nicht kennen, obgleich sie mit den beobachtbaren Phänomenen zusammenhängen, dann sind die Chancen eines Kontakts um so *geringer*, je *stärker* der Zusammenhang zwischen der Lokalisierung einer Zivilisation und der Beschaffenheit der stellaren Umgebung ist, je mehr sich also die räumliche Verteilung der Zivilisationen von einer *Zufalls*verteilung *unterscheidet*. Man darf schließlich nicht von vornherein ausschließen, daß es astronomisch feststellbare Indizien für die Existenz einer Zivilisation gibt. (. . .) Daraus folgt, daß es zu den Regeln des Programms CETI gehören sollte, den *vorläufigen* Charakter unserer astrophysikalischen Kenntnisse zu berücksichtigen, denn *neue* Entdeckungen werden selbst die *fundamentalen* Annahmen von CETI verändern.«

Genau das ist eingetreten, oder vielmehr: es tritt nach und nach ein. Aus neuen Entdeckungen der galaktischen Astronomie, aus neuen Modellen der Planeten- und Sternentstehung und aus dem Vorkommen radioaktiver Isotope in den Meteoren unseres Sonnensystems schält sich wie aus den verstreuten Teilen eines Geduldspiels allmählich ein neues Bild heraus, das die Geschichte des Sonnensystems und die Entstehung von Leben auf der Erde rekonstruiert, ein Bild, dessen Aussage ebenso sensationell ist, wie sie zu dem bisher anerkannten Bild im Widerspruch steht.

Aus den Hypothesen, in denen die zehn Milliarden Jahre der Existenz der Milchstraße rekonstruiert werden, geht – um es vorweg kurz und bündig zu sagen – hervor, daß der Mensch entstanden ist, weil der Kosmos ein Schauplatz von Katastrophen ist, und daß die Erde mitsamt dem Leben ihre Entstehung einer eigentümlichen Serie solcher Katastrophen verdankt; daß die Sonne ihre Planetenfamilie infolge gewaltiger Kataklysmen, die sich in der Nähe abspielten, gebar, daß das Sonnensystem dann aus dem

Gebiet der katastrophalen Störungen herauskam; deshalb konnte das Leben entstehen und sich entwickeln, um schließlich die ganze Erde zu erobern. Während der folgenden Jahrmilliarde bestand im Grunde keine Chance für die Entstehung des Menschen, weil der Entwicklungsbaum der Arten nicht die Gelegenheit dazu bot, doch dann schuf eine weitere Katastrophe der Anthropogenese dadurch freie Bahn, daß sie Hunderte Millionen von irdischen Kreaturen umbrachte.

Den zentralen Platz in diesem neuen Weltbild nimmt also eine Schöpfung ein, die auf der Zerstörung und der sich daran anschließenden Systementspannung beruht. Noch knapper kann man es auch so sagen: Die Erde ist entstanden, weil die Ursonne in einen Bereich der Vernichtung geriet; das Leben ist entstanden, weil die Erde den Bereich verließ; der Mensch ist entstanden, weil während der folgenden Jahrmilliarde die Vernichtung erneut gegen die Erde wütete.

Einstein, der sich dem Indeterminismus der Quantenmechanik beharrlich widersetzte, hat einmal geäußert, daß »Gott nicht mit der Welt würfelt«. Er wollte damit sagen, daß nicht der Zufall die atomaren Phänomene lenken könne. Es stellte sich jedoch heraus, daß Gott tatsächlich mit der Welt Würfel spielt, und zwar nicht nur auf der Ebene der Atome, sondern auch auf der Ebene der Galaxien, Sterne und Planeten, bezüglich der Anfänge des Lebens und der im Rahmen des Lebens entstehenden vernunftbegabten Wesen. Es zeigte sich, daß wir unsere Existenz sowohl solchen Katastrophen verdanken, die »am richtigen Ort und zur rechten Zeit« eintraten, als auch solchen, zu denen es in anderen Epochen und an anderen Orten *nicht* gekommen ist. Wir wurden geboren, nachdem wir mit der Geschichte unseres Sterns, unseres Planeten, der Biogenese und der Evolution zahlreiche Nadelöhre passiert hatten, und man kann daher die zehn Milliarden Jahre, welche zwischen der Entstehung der protosolaren Gaswolke und der Entstehung des Homo sapiens liegen, mit einem gigantischen Slalomlauf vergleichen, bei dem nicht ein einziges Tor ausgelassen wurde. Wir wissen inzwischen, daß es viele solcher »Tore« gegeben hat und daß jedes

Herausfallen aus der Bahn die Entstehung des Menschen unmöglich gemacht hätte, aber wir wissen nicht, wie »breit« diese Bahn mit ihren Kurven und Toren war – mit anderen Worten: Wie groß die Wahrscheinlichkeit eines »korrekten Laufs« war, dessen Ziel die Anthropogenese bildete.

Die Welt wird sich somit nach den wissenschaftlichen Erkenntnissen des kommenden Jahrhunderts als eine Häufung von *zufälligen*, zugleich schöpferischen und zerstörerischen Katastrophen herausstellen, wobei allerdings nur diese *Häufung zufällig* war, die einzelnen Katastrophen aber den strengen Gesetzen der Physik unterlagen.

I

Das Roulettespiel beruht auf der Regel, daß die überwältigende Mehrheit der Spieler verliert. Wäre es anders, dann müßte jedes Spielcasino wie das in Monte Carlo binnen kurzem bankrott machen. Ein Spieler, der den Spieltisch mit einem Gewinn verläßt, ist die Ausnahme von der Regel. Einer, der ziemlich häufig gewinnt, ist eine seltene Ausnahme, und ein Spieler, der ein Vermögen macht, weil die Roulettekugel fast jedesmal die von ihm gesetzte Nummer trifft, ist schon eine außergewöhnliche Ausnahme, ein unheimlicher Glückspilz, über den die Zeitungen berichten.

Eine Gewinnsträhne ist auf keinen Fall ein Verdienst des Spielers, denn eine Taktik, auf bestimmte Nummern zu setzen, so daß man garantiert gewinnt, gibt es nicht. Das Roulette ist eine Zufallsapparatur, und das heißt, daß seine Endzustände sich nicht mit Gewißheit vorhersehen lassen. Weil die Kugel immer bei einer der 36 Nummern stehenbleibt, hat der Spieler bei jedem Spiel eine Gewinnchance von 1 : 36. Wer nacheinander auf zwei Nummern gesetzt hat und beide Male gewinnt, hat am Anfang für den doppelten Gewinn eine Chance von 1 : 1296 gehabt, denn bei Zufallsereignissen, die voneinander unabhängig sind (wie eben beim Roulette), muß man die Wahrscheinlichkeiten miteinander multiplizieren. Die Chance, daß jemand dreimal hintereinander gewinnt, beträgt 1 : 46 656. Das ist eine sehr kleine, aber berechenbare Chance, denn die Anzahl der Endzustände ist bei jedem Spiel die gleiche: 36. Wollten wir hingegen die Chancen eines Spielers unter Berücksichtigung von Nebenerscheinungen (ein Erdbeben, ein Bombenanschlag, der Tod des Spielers durch einen Herzanfall usw.) berechnen, so erweist sich das als unmöglich. Ähnlich verhält es sich, wenn jemand unter Artilleriebeschuß auf einer Wiese Blumen pflückt und mit einem Strauß in der Hand unversehrt nach Hause zurückkehrt; seine Errettung läßt sich ebenfalls nicht mit Hilfe der Statistik erfassen, obwohl die Unberechenbarkeit – und damit die Unvorhersehbarkeit dieses Ereignisses – nichts mit der Unvorhersehbarkeit zu tun hat, die für Quanten- und atomare Phänomene charakteristisch ist. Das Schicksal von Blumenpflückern unter Beschuß ließe sich nur dann statistisch erfassen, wenn es sich um sehr viele Pflücker handeln würde und darüber hinaus die statistische Verteilung der Blumen auf der Wiese, die für das Pflücken benötigte Zeit und ferner die durchschnittliche Anzahl der Granaten je Quadratmeter der beschossenen Fläche bekannt wären.

Das Erstellen einer solchen Statistik wird jedoch dadurch kompliziert, daß Granaten, die den Pflücker nicht treffen, Blumen vernichten und somit deren Verteilung auf der Wiese verändern. Ein getöteter Pflücker fällt aus dem Spiel heraus, das darin besteht, unter Beschuß Blumen zu pflücken, und aus dem Roulettespiel fällt derjenige heraus, der zunächst Glück gehabt und dann alles bis auf den letzten Heller verspielt hat.

Ein Beobachter, der die Schar der Galaxien über Milliarden Jahre hinweg überwachte, könnte diese als ein Roulette oder als eine Wiese mit Blumenpflückern auffassen und jene statistischen Gesetzmäßigkeiten entdecken, denen die Sterne und Planeten unterliegen, und er würde dadurch am Ende feststellen, wie häufig Leben im Kosmos auftritt und wie häufig es sich anschließend durch Evolution bis hin zur Entstehung vernunftbegabter Wesen entwickeln kann.

Ein solcher Beobachter könnte eine langlebige Zivilisation sein, genauer gesagt, die aufeinanderfolgenden Generationen ihrer Astronomen.

Wenn jedoch die Wiese mit den Blumen in chaotischer Weise beschossen wird (das bedeutet, daß die Dichte der Schüsse nicht um einen bestimmten Mittelwert schwankt und folglich nicht berechenbar ist) oder wenn das Roulette nicht »ehrlich« ist, wird selbst jener Beobachter keine »Statistik der Häufigkeit der Entstehung von Vernunft im Kosmos« erstellen können.

Die Unmöglichkeit der Erstellung einer solchen Statistik ist eher eine »praktische« als eine grundsätzliche. Sie liegt nämlich nicht – wie etwa die Heisenbergsche Unbestimmtheitsrelation – in der Natur der Materie, sondern »nur« in der unberechenbaren Überlagerung von verschiedenen, voneinander unabhängigen Zufallsserien, die innerhalb unterschiedlicher Größenordnungen auftreten: der galaktischen, der stellaren, der planetaren und der molekularen.

Die Galaxie, als ein Roulette aufgefaßt, bei dem »man das Leben gewinnen kann«, ist kein »ehrliches« Roulette. Ein ehrliches Roulette unterliegt exakt einer *einzigen* Wahrscheinlichkeitsverteilung (1 : 36 bei jedem Spiel). Für Roulettespiele, an denen gerüttelt wird, die während des Spiels ihre Form verändern oder bei denen immer wieder andere Kugeln verwendet werden, existiert eine solche statistische Einzigartigkeit nicht. Zwar sind alle Roulettespiele und alle spiralförmigen Galaxien einander ähnlich, aber sie sind einander nicht genau gleich. Es kann sein, daß eine Galaxie sich wie ein Roulette neben einem Ofen verhält: Ist der Ofen heiß, so wird die erwärmte Roulettescheibe sich verkrümmen, und dadurch verändert sich die Verteilung der gewinnenden Nummern. Ein hervorragender Physiker wird den Einfluß der Temperatur auf das

Roulette messen, aber wenn außerdem noch die durch vorbeifahrende Lastwagen erzeugten Schwingungen des Bodens auf das Spiel einwirken, erweist sich seine Messung als ungenügend.

In diesem Sinne ist das galaktische Spiel »um Leben und Tod« ein Spiel an unehrlichen Roulettetischen.

Zuvor erwähnte ich, daß Einstein behauptete, daß »Gott nicht mit der Welt würfelt«. Das dort Gesagte können wir nun ergänzen. Gott würfelt nicht nur mit der Welt, sondern er spielt auch ehrlich – mit vollkommen identischen Würfeln –, allerdings nur in der kleinsten Größenordnung, der atomaren. Die Galaxien dagegen sind göttliche Riesenroulettes, die nicht ehrlich sind. Ich weise darauf hin, daß es hier um eine mathematisch (statistisch) und nicht um eine irgendwie »moralisch« verstandene »Ehrlichkeit« geht.

Durch die Beobachtung eines radioaktiven Elements können wir dessen Halbwertzeit bestimmen. Wir können also feststellen, wie lange man warten muß, bis die Hälfte seiner Atome zerfallen ist. Dieser Zerfall wird vom Zufall bestimmt, der in statistischer Hinsicht ehrlich ist, da er für dieses Element im gesamten Kosmos ein und derselbe ist, gleichgültig, ob das Element sich im Laboratorium, im Erdinneren, in einem Meteor oder in einem kosmischen Nebel befindet. Seine Atome verhalten sich überall identisch.

Eine Galaxie, aufgefaßt als eine »Apparatur, welche Sterne, Planeten und gelegentlich Leben produziert«, verfährt hingegen – als Zufallsapparatur – in unehrlicher, weil unberechenbarer Weise.

Ihre Schöpfungen sind weder vom Determinismus bestimmt noch von jenem Indeterminismus, den wir in der Welt der Quanten kennengelernt haben. Daher kann man den Verlauf des galaktischen »Spiels ums Leben« erst *ex post* erkennen, wenn man dabei gewonnen hat. Man kann das Geschehene rekonstruieren, obwohl es am Anfang nicht vorhersehbar war. Man kann es allerdings nicht völlig genau rekonstruieren, sondern nur in der Weise, wie man die Geschichte menschlicher Stämme aus einer Zeit rekonstruiert, in der die Menschen noch nicht des

Schreibens kundig waren und daher weder Chroniken noch Dokumente hinterlassen haben, sondern lediglich die Erzeugnisse ihrer Hände, zu denen der Archäologe sich vorgräbt. Die galaktische Kosmologie verwandelt sich dann in eine »stellar-planetare Archäologie«. Diese Archäologie erkundet jenes eigentümliche Spiel, dessen großer Treffer *wir selbst* sind.

II

Gut zwei Drittel der bekannten Galaxien hat die Form einer spiralförmigen Scheibe mit einem Kern, von dem zwei Arme abgehen, wie bei unserer Milchstraße. Das galaktische Gebilde, das aus Gas- und Staubwolken sowie aus Sternen besteht (die nach und nach in ihm entstehen und vergehen), dreht sich, wobei der Kern mit größerer Winkelgeschwindigkeit rotiert als die Arme, die, weil sie nicht mitkommen, abknicken und dadurch eben dem Ganzen die Form einer Spirale verleihen.

Die Arme bewegen sich jedoch nicht mit der gleichen Geschwindigkeit wie die Sterne.

Ihre konstante Spiralform verdankt eine Galaxie den *Verdichtungswellen*, bei denen die Sterne die Rolle von Molekülen in einem gewöhnlichen Gas spielen.

Wegen ihrer unterschiedlichen Umlaufgeschwindigkeiten bleiben Sterne, die weit vom Kern entfernt sind, hinter dem Arm zurück, während solche, die sich in der Nähe des Kerns befinden, den Spiralarm einholen und durch ihn hindurchlaufen. Die gleiche Geschwindigkeit wie der Arm haben nur Sterne in mittlerer Entfernung vom Kern, auf dem sogenannten Korotationskreis. Die Gaswolke, aus der die Sonne mit ihren Planeten entstehen sollte, befand sich vor rund fünf Milliarden Jahren auf der Innenseite der Krümmung eines Spiralarms. Sie holte diesen Arm mit der geringfügigen Geschwindigkeitsdifferenz von etwa einem Kilometer pro Sekunde ein. In die Verdichtungswelle eingedrungen, wurde diese Wolke mit den radioaktiven Produkten einer Supernova verseucht, die in ihrer Nähe explodierte (es handelte sich um Jod- und Plutoniumisotope). Diese Isotopen zerfielen, bis aus ihnen ein anderes Element entstand: Xenon. Unterdessen wurde diese Wolke durch die Verdichtungswelle, in der sie schwamm, komprimiert, und das begünstigte ihre Kondensation, bis aus ihr schließlich ein junger Stern hervorging – die Sonne. Gegen Ende dieser Periode, vor etwa viereinhalb Milliarden Jahren, explodierte in der Nähe

eine andere Supernova, welche den zirkum-
solaren Nebel (denn nicht das gesamte protosolare Gas hatte sich schon in der Sonne
konzentriert) mit radioaktivem Aluminium
verseuchte. Dadurch wurde die Entstehung
der Planeten beschleunigt, vielleicht auch
bewirkt. Damit die Scheibe der um den jungen Stern rotierenden Gase sich in Segmente
auflösen und zu Planeten verdichten konnte,
bedurfte es, wie Simulationsrechnungen ge-
zeigt haben, einer »Intervention von außen«,
eines gewaltigen »Stoßes«; er kam von der
Supernova, die damals nicht weit von der
Sonne explodierte.

Woher wir das alles wissen? Aus der Verteilung der Radioisotopen in den Meteoren
des Sonnensystems; wenn man die Halbwertzeit der genannten Isotope (von Jod,
Plutonium und Aluminium) kennt, kann
man errechnen, wann die protosolare Wolke
mit ihnen verseucht wurde. Das ist mindestens zweimal geschehen; anhand der unterschiedlichen Zerfallszeit dieser Isotopen läßt
sich bestimmen, daß die erste Verseuchung
durch die Explosion einer Supernova kurz
nach dem Eindringen der protosolaren

Wolke in den galaktischen Arm erfolgte, während die zweite Verseuchung (durch radioaktives Aluminium) rund 300 Millionen Jahre später eintrat.

Die Sonne hat also ihren ersten Entwicklungsabschnitt in einem Gebiet starker Strahlung und gewaltiger Stöße zugebracht, durch welche die Planetenentstehung ausgelöst wurde, dann aber – mit den bereits erkaltenden und erstarrenden Planeten – diese Zone verlassen. Sie entwich in einen weitgehend leeren, von den stellaren Katastrophen abgeschirmten Raum, und dank dessen hat das Leben auf der Erde entstehen und sich ohne mörderische Störungen entwickeln können.

Wenn man nach diesem Bild geht, muß man hinter die Regel des Kopernikus, nach der die Erde (mitsamt der Sonne) sich *nicht* an einem besonders ausgezeichneten Ort, sondern »irgendwo« befindet, ein großes Fragezeichen machen.

Hätte sich die Sonne an der fernen Peripherie der Galaxie befunden und, langsam ihre Bahn ziehend, nicht deren Arme durchquert, so hätte sie gewiß keine Planeten gebildet. Die Planetenentstehung erfordert nämlich »Geburtshilfemaßnahmen« in Gestalt gewaltiger Ereignisse, namentlich der mächtigen Stoßwellen explodierender Supernovae (oder zumindest eines solchen »*nahen*« Zusammentreffens).

Wäre die Sonne, nachdem sie durch solche Stöße die Planeten hervorgebracht hatte, in der Nähe des galaktischen Kerns und damit erheblich schneller als die Spiralarme gekreist, dann hätte sie diese häufig durchqueren müssen. In diesem Falle hätten zahlreiche Strahlungs- und radioaktive Stöße die Entstehung des Lebens auf der Erde unmöglich gemacht oder es in einer frühen Entwicklungsphase vernichtet.

Auch dann, wenn die Sonne sich auf dem Korotationskreis der Galaxie bewegt und daher nicht deren Arme verlassen hätte, hätte sich das Leben nicht auf unserem Planeten behaupten können, sondern wäre früher oder später durch die Explosion einer nahen Supernova umgekommen, denn am häufigsten explodieren Supernovae innerhalb der galaktischen Arme. Auch die mittleren Entfernungen zwischen den Sternen sind innerhalb der Arme erheblich geringer als zwischen den Armen.

Während also die für die Planetenentstehung günstigen Bedingungen innerhalb der Spiralarme bestehen, herrschen die für die Entstehung und Entwicklung des Lebens erforderlichen Bedingungen in der Leere zwischen den Armen.

Diese Bedingungen werden weder von Sternen erfüllt, die den Kern der Galaxie nah umkreisen, noch von solchen, die am Rande der Galaxie stehen, und schließlich auch nicht von Sternen, deren Bahnen sich mit dem Korotationskreis decken, sondern nur von solchen, die sich in dessen Nähe befinden.

Man muß sich zudem bewußt machen, daß eine allzu nahe Eruption einer Supernova nicht die protosolare Wolke »zusammendrücken« und dadurch deren Kondensation zu Planeten beschleunigen würde; vielmehr würde sie sie auseinanderfegen, so wie eine Sturmbö den Samen des Löwenzahns zerstreut.

Würde die Explosion in allzu großer Entfernung erfolgen, so könnte es sein, daß der

Impuls für die Planetogenese nicht ausreicht.

Die einzelnen Eruptionen von Supernovae, die der Sonne benachbart waren, »müssen« also mit den einzelnen Entwicklungsetappen der Sonne – als Stern, als Sonnensystem und schließlich als ein System, in dem Leben entstanden war – »angemessen« synchronisiert gewesen sein.

Die protosolare Wolke ist demnach ein »Spieler« gewesen, der sich mit dem nötigen Anfangskapital zum Roulette begeben hat, beim Spiel dann dieses Kapital durch Gewinne erhöhte und das Spielcasino zur rechten Zeit verlassen hat, um nicht Gefahr zu laufen, alles, was ihm eine »Strähne« günstiger Zufälle eingebracht hatte, wieder zu verlieren.

Offenbar muß man Planeten, die zur Biogenese und damit zur Hervorbringung von Zivilisationen fähig sind, vor allem in der Nähe des Korotationskreises der Galaxien suchen.

Wird die beschriebene Rekonstruktion der Geschichte unseres Systems akzeptiert, so müssen die bisherigen Schätzungen der psychozoischen Dichte des Kosmos drastisch korrigiert werden.

Wir wissen mit annähernder Gewißheit, daß von den Sternen in der Umgebung der Sonne – im Umkreis von etwa fünfzig Lichtjahren – keiner eine Zivilisation beherbergt, die über eine Nachrichtentechnik verfügen würde, welche zumindest der unseren gleichkommt.

Der Radius des Korotationskreises mißt etwa 10^4 Parsek und damit rund 34 000 Lichtjahre. Die gesamte Galaxie zählt über 150 Milliarden Sterne. Unter der Annahme, daß ein Drittel aller Sterne sich im Kern und in den dicken Ansätzen der Spiralarme befindet, erhalten wir für die Arme als solche hundert Milliarden Sterne. Es ist unbekannt, wie dick der Torus ist (ein Körper von der Form eines Autoreifens), den man um den Korotationskreis beschreiben muß, um die ganze Zone zu erfassen, die für die Entstehung von Leben zeugenden Planeten günstig ist. Nehmen wir also an, daß sich in dieser Zone, die den »biogenen Torus« darstellt, ein Hunderttausendstel aller Sterne eines galaktischen Spiralarmes befindet, also eine Million. Der Gesamtumfang des Korotationskreises mißt rund 215 000 Lichtjahre. Würde *jeder* der sich dort befindenden Sterne auch nur eine Zivilisation beleuchten, dann betrüge die mittlere Entfernung zwischen zwei bewohnten Planeten fünf Lichtjahre. Das kann jedoch nicht sein, weil die Sterne in der Nähe des Korotationskreises nicht gleichmäßig im Raum verteilt sind; dabei muß man Sterne mit *entstehenden* Planeten eher innerhalb der Spiralarme erwarten, während man Sterne, in deren Planetenfamilie zumindest ein Planet ist, auf dem die Evolution von Leben ohne verheerende Störungen abläuft, eher im leeren Raum *zwischen* den Armen zu suchen hätte, weil sie dort langfristig gegen stellare Katastrophen abgeschirmt sind. Die meisten Sterne finden sich indessen in den Armen, wo sie am dichtesten konzentriert sind.

Bei der Ausschau nach Signalen einer »außerirdischen Vernunft« müßte man sich also auf den Bogen des Korotationskreises *vor* und *hinter* der Sonne, innerhalb der galaktischen Ebene, konzentrieren, also zwischen den Sternbildern Perseus und Schütze, denn dort könnten sich Sterne befinden, die ähnlich wie unsere Sonne die Passage durch einen Spiralarm bereits *hinter sich* haben und sich nun – zusammen mit unserem System – in dem leeren Raum zwischen den Armen bewegen.

Eine weitere Überlegung zeigt indessen, daß diese einfachen statistischen Erwägungen, die wir ausprobiert haben, nicht viel taugen.

Kehren wir noch einmal zurück zur Rekonstruktion der Geschichte der Sonne und ihrer Planeten. An der Schnittstelle mit dem Korotationskreis haben die Spiralarme eine Dicke von rund 300 Parsek. Die protosolare Gaswolke, deren Umlaufbahn sieben bis acht Grad gegen die galaktische Ebene geneigt ist, drang zum ersten Mal vor rund 4,9 Milliarden Jahren in einen Spiralarm ein. Während dreihundert Millionen Jahren, in denen sie die ganze Dicke des Arms durchwanderte, war sie stürmischen Bedingungen ausgesetzt, doch seit sie den Arm verlassen hat, durchwandert sie eine stille Leere. Diese Wanderung dauert deshalb länger als der Durchgang durch den Arm, weil der Korotationskreis, in dessen Nähe die Sonne umläuft, die Spiralarme unter einem spitzen Winkel schneidet, so daß der Bogen der Umlaufbahn der Sonne *zwischen den Armen* länger ist als der Bogen *innerhalb* eines Arms.

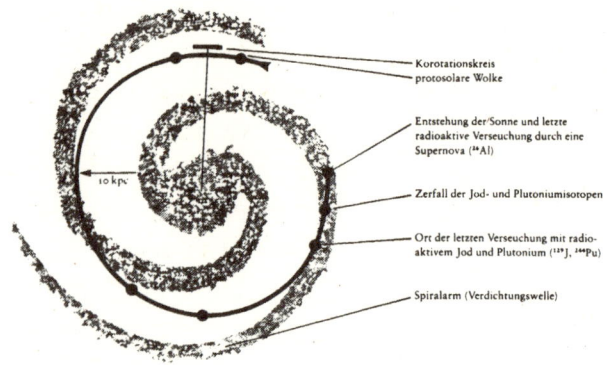

Korotationskreis
protosolare Wolke

Entstehung der Sonne und letzte
radioaktive Verseuchung durch eine
Supernova (^{26}Al)

Zerfall der Jod- und Plutoniumisotopen

Ort der letzten Verseuchung mit radioaktivem Jod und Plutonium (^{129}J, ^{244}Pu)

Spiralarm (Verdichtungswelle)

Die Zeichnung (nach L. S. Maročkin, *Priroda* Nr. 6, Moskau 1982) zeigt das Schema unserer Galaxie, den Radius des Korotationskreises sowie die Bahn, auf der das Sonnensystem den Kern der Galaxie umkreist. Die Geschwindigkeit, mit der die Sonne einschließlich ihrer Planeten sich relativ zu den Spiralarmen bewegt, ist Gegenstand einer

Kontroverse. In dem abgebildeten Schema hat unser System bereits *beide* Arme durchwandert. Wenn es so gewesen ist, dann hat es sich bei der ersten Passage um eine Gas- und Staubwolke gehandelt, die erst beim Durchwandern des zweiten Spiralarms endgültig zu kondensieren begann. Die Streitfrage – ob wir es mit einem oder mit zwei Durchgängen zu tun haben – ist für das uns interessierende Problem unerheblich, denn dabei geht es um das Alter der Wolke, also darum, wann sie sich zu bilden begann, und nicht darum, wann ihre Fragmentierung einsetzte und sie also in das Stadium der Astrogenese eintrat. In ähnlicher Weise bilden sich auch heute noch Sterne. Eine isolierte Wolke kann sich nicht durch Gravitation zu einem Stern zusammenziehen, denn da sich (nach den Gesetzen der Dynamik) der Drehimpuls erhält, würde sie mit schrumpfendem Radius immer schneller rotieren. Am Ende würde ein Stern entstehen, der am Äquator mit einer Geschwindigkeit rotiert, welche die Lichtgeschwindigkeit übertrifft, und das ist unmöglich. Längst ehe es dazu käme, würden die Zentrifugalkräfte ihn in Stücke reißen. So entstehen denn auch die Sterne in Haufen aus einzelnen Fragmenten einer Wolke, in Prozessen, die zunächst langsam ablaufen und dann immer turbulenter werden. Die Fragmente der Wolke, die sich während der Kondensation zerstreuen, übernehmen einen Teil des Drehimpulses der jungen Sterne. Wollte man von der »Ergiebigkeit der Astrogenese« im Sinne des Verhältnisses zwischen der Masse der ursprünglichen Wolke und der Gesamtmasse der aus ihr entstandenen Sterne sprechen, so wäre diese Ergiebigkeit gering. Eine Galaxie ist somit ein »Produzent«, der mit dem Anfangskapital an Materie sehr verschwenderisch umgeht. Allerdings beginnen nach einer gewissen Zeit die zerstreuten Teile der Wolken, aus denen Sterne entstanden sind, sich erneut durch Schwerkraftwirkung zusammenzuziehen, und der Prozeß wiederholt sich.

Die Fragmente der Wolke, die zur Kondensation übergeht, verhalten sich nicht alle gleich. Wenn der Kollaps, aus dem ein Stern hervorgehen wird, beginnt, ist das Zentrum der Wolke stärker verdichtet als ihre Peripherie. Die sternbildenden Fragmente sind daher von unterschiedlicher Masse. Sie enthalten im Zentrum zwei bis vier und am Rande zehn bis zwanzig Sonnenmassen. Aus den Kondensaten im Inneren können kleine, langlebige Sterne entstehen, die Milliarden Jahre lang mehr oder weniger im gleichen Glanz erstrahlen. Ein solcher Stern ist die Sonne. Aus den großen peripheren Sternen dagegen können Supernovae entstehen, die nach einer für astronomische Verhältnisse kurzen Lebenszeit durch gewaltige Explosionen auseinandergerissen werden.

Darüber, wie die Wolke, aus der wir entstanden sind, zu kondensieren begonnen hat, weiß man nichts; man kann lediglich das Schicksal jenes begrenzten Fragments rekonstruieren, in dem es zur Entstehung der Sonne und der Planeten kam. Als dieser Prozeß einsetzte, verseuchten Supernovae, die in der Nähe explodierten, die protosolare Wolke mit ihren radioaktiven Trümmern. Mindestens zweimal ist es zu einer solchen Verseuchung gekommen. Beim ersten Mal wurde die Wolke mit Jod- und Plutoniumisotopen verseucht – ganz sicher in der Nähe der Innenkante des Spiralarms, beim zweiten Mal wurde sie, nun innerhalb der Spirale, von einer anderen Supernova mit radioaktiven Isotopen des Aluminiums bombardiert (300 Millionen Jahre später). Anhand der Zeit, innerhalb deren diese Isotopen sich durch Zerfall in andere Elemente verwandeln, kann man abschätzen, wann es zu den beiden Verseuchungen gekommen ist. Die kurzlebigen Isotope des Jods und des Plutoniums bildeten am Ende das stabile Isotop des Xenons, und das radioaktive Isotop des Aluminiums verwandelte sich in Magnesium. In Meteoren unseres Sonnensystems hat man dieses Xenon und Magnesium gefunden. Durch einen Vergleich dieser Daten mit dem Alter der Erdrinde (das anhand der Zerfallszeiten der in ihr enthaltenen langlebigen Isotope des Urans und des Thoriums geschätzt wird) kann man einander angenäherte, wenn auch nicht identische »Szenarien« der solaren Kosmogonie rekonstruieren. Die Zeichnung entspricht einem Szenario, bei dem die Gaswolke zum ersten Mal die Spirale von zehneinhalb Milliarden Jahren durchwanderte. Sie hatte damals noch keine kritische Dichte, und so ist es nicht zur

Fragmentierung und zur Entstehung von Kondensaten gekommen. Dazu kam es erst, nachdem die Wolke vor 4,6 Milliarden Jahren in den anderen Arm der Galaxie eingedrungen war. Die in der Umgebung der Kondensate herrschenden Bedingungen förderten die Entstehung von Supernovae, die innerhalb bestehenden Bedingungen die Entstehung von kleineren Sternen vom Typ der Sonne. Der Kompression und den Eruptionen von Supernovae ausgesetzt, verwandelte sich das protosolare Kondensat in die junge Sonne mitsamt ihren Planeten, Kometen und Meteoren. Dieses kosmogonische Szenario ist nicht frei von Vereinfachungen. Die Fragmentierung der Gaswolken erfolgt zufällig; durch die riesigen Räume der Spiralarme verlaufen Stoß*fronten*, hervorgerufen durch unterschiedliche Kataklysmen; Eruptionen von Supernovae können bei der Entstehung solcher Fronten zusammenwirken.

Die Galaxien gebären noch immer Sterne, denn der Kosmos, in dem wir wohnen, ist zwar nicht jung, aber auch noch nicht alt. Die am weitesten in die Zukunft reichenden Simulationsberechnungen deuten darauf hin, daß am Ende das ganze Material der Sternbildung erschöpft sein wird, daß die Sterne erlöschen und ganze Galaxien radiativ und korpuskular »verdampfen« werden.

Von diesem »thermodynamischen Tod« trennen uns etwa 10^{100} Jahre. Sehr viel früher (in etwa 10^{15} Jahren) werden sämtliche Sterne ihre Planeten dadurch verlieren, daß andere Sterne in der Nähe vorbeiwandern; durch starke Perturbationen aus ihren Bahnen geworfen, werden sämtliche Planeten, ob belebt oder unbelebt, in unendlichem Dunkel und in Temperaturen nahe dem absoluten Nullpunkt versinken. Es klingt zwar paradox, doch ist es leichter, vorherzusagen, was in 10^{15} oder 10^{100} Jahren mit dem Weltall geschehen wird – oder was in den ersten *Minuten* seiner Existenz geschehen ist –, als genau sämtliche Etappen der Geschichte von Sonne und Erde zu rekonstruieren. Noch schwerer läßt sich vorhersehen, was mit unserem System geschehen wird, wenn es die stille Leere verläßt, die sich zwischen den Sternhaufen der beiden galaktischen Arme, zwischen Perseus und Schütze erstreckt. Unter der Annahme, daß die Geschwindigkeitsdifferenz zwischen Sonne und Spirale sich auf einen Kilometer je Sekunde beläuft, werden wir das nächste Mal in etwa 500 Millionen Jahren in eine Spirale hineingeraten. Soweit die Astrophysik sich mit der Kosmogonie befaßt, geht sie ebenso vor wie das Untersuchungsverfahren in einem Indizienprozeß. Alles, was man zusammentragen kann, ist eine gewisse Zahl von »Spuren und sachlichen Beweisen«, die ähnlich den verstreuten Teilen eines Puzzles (von denen noch viele verlorengegangen sind) zu einem widerspruchsfreien Ganzen zusammenzusetzen sind. Was noch schlimmer ist: Es stellt sich heraus, daß aus den erhalten gebliebenen Fragmenten eine ganze Reihe unterschiedlicher Muster gelegt werden kann. Besonders in dem uns interessierenden Fall ließen sich nicht alle Daten genau quantitativ bestimmen (beispielsweise die Differenz in der Umlaufgeschwindigkeit zwischen Sonne und galaktischer Spirale). Was im übrigen die Spiralarme betrifft, so sind sie keineswegs so geschlossen und so eindeutig und regelmäßig von dem zwischen ihnen liegenden leeren Raum abgegrenzt, wie es unser Schema andeutet. Und schließlich sind sämtliche Spiralnebel einander nur in dem Maße ähnlich, wie es Menschen sind, die sich in Körpergröße, Leibesfülle, Alter, Rasse, Geschlecht und so weiter unterscheiden. Gleichwohl kommen die kosmogonischen Erkenntnisse über die Milchstraße dem wirklichen Sachverhalt immer näher. Sterne entstehen hauptsächlich innerhalb der Spiralarme; Supernovae explodieren ebenfalls am häufigsten innerhalb dieser Arme; die Sonne befindet sich ganz sicher in der Nähe des Korotationskreises, also nicht »irgendwo« in der Galaxie, denn in der Korotationszone herrschen – wie schon gesagt – andere Bedingungen als in der Nähe des Kerns und an den Rändern der Spiralscheibe. Die Kosmogoniker können mit Hilfe der Computersimulation binnen kurzer Zeit eine Vielzahl von Versuchsvarianten der Astro- und Planetogenese durchführen, wozu vor noch nicht allzu ferner Zeit unendlich mühsame und viel Zeit verschlingende Berechnungen erforderlich waren. Zugleich lieferte die beobachtende Astrophysik ständig neue und immer exaktere Daten für solche Simulationen.

Allerdings ist der Indizienprozeß noch im Gange; die sachlichen Beweise und die mathematischen Vermutungen, die auf die Urheber dessen, was geschehen ist, hindeuten, haben mittlerweile die Aussagekraft einer vernünftig begründeten Hypothese und sind nicht bloß haltlose Mutmaßungen. Die Anklage gegen die Spiralnebel, sie seien zugleich Erzeuger und Kindsmörder, ist dem Tribunal der Astronomie vorgetragen worden, die Verhandlung dauert noch an, aber ein endgültiges Urteil ist noch nicht gefällt worden.

III

Die aus dem Gerichtswesen entlehnte Terminologie ist nicht die schlechteste, wenn wir von der Geschichte des Sonnensystems innerhalb der Galaxie sprechen, denn die Kosmogonie befaßt sich mit der Rekonstruktion von vergangenen Ereignissen und verfährt deshalb wie ein Gericht in einem Indizienprozeß, in dem es keinen durchschlagenden Beweis gegen den Angeklagten gibt, sondern nur eine Reihe von belastenden Umständen.

Der Kosmogoniker hat – ähnlich wie der Richter – festzustellen, was in einem konkret gegebenen Fall geschehen ist, er muß sich jedoch nicht damit befassen, wie häufig derartige Fälle vorkommen, noch damit, wie groß die Wahrscheinlichkeit des betreffenden Falles vor seinem Eintreten gewesen ist. Im Gegensatz zur Justiz ist die Kosmogonie jedoch bemüht, sehr viel mehr über die Dinge zu erfahren.

Wenn man eine Sektflasche, also eine Flasche aus dickem Glas und mit einer charakteristischen Einbuchtung am Boden, aus dem Fenster wirft, so wird die Flasche zerspringen, und wenn wir dieses Experiment mehrfach wiederholen, werden wir uns davon überzeugen, daß der Hals und der Boden den Aufprall im allgemeinen heil überstehen, während das übrige Glas in viele Bruchstücke von unterschiedlicher Form zerplatzt. Es kann passieren, daß eines dieser Bruchstücke ein Glassplitter mit einer Länge von sechs und einer Breite von einem halben Zentimeter ist.

Die Frage, wie oft man beim Zerschlagen einer Flasche genau die gleichen Bruchstücke erhalten wird, läßt sich nicht exakt beantworten. Man kann lediglich feststellen, in wie viele Teilchen zerschlagene Flaschen am häufigsten zerplatzen. Eine solche Statistik läßt sich ohne sonderliche Mühe erstellen, wenn man das Experiment nur viele Male unter gleichbleibenden Bedingungen wiederholt (man hat zu beachten, aus welcher Höhe die Flasche fällt, ob sie auf Beton oder auf Holz fällt, usw.). Es kann jedoch auch passieren, daß die Flasche im Fallen mit einem Ball, den eines der auf dem Hof spielenden Kinder gerade hochgekickt hat, zusammenstößt, von ihm abprallt und durch das offene Parterrefenster in das Zimmer einer alten Dame fliegt, die sich Goldfische in einem Aquarium hält, in das die Flasche hineinfällt, so daß sie nicht zerbricht und sich beim Untergehen mit Wasser füllt. Jeder wird zugeben, daß ein solcher Fall, mag er auch wenig wahrscheinlich sein, dennoch möglich ist, und so wird denn auch niemand ein übernatürliches Phänomen darin sehen, ein Wunder, sondern lediglich ein außergewöhnliches Zusammentreffen von Umständen. Eine Statistik solcher Ausnahmen ist nun nicht mehr möglich. Außer Newtons Gesetzen der Mechanik und der Stoßfestigkeit des Glases müßte auch berücksichtigt werden, wie häufig Kinder auf diesem Hof Ball spielen, wie häufig der Ball sich während des Spiels dort befindet, wo die Flaschen hinunterfallen, wie häufig die alte Dame ihr Fenster offenläßt, wie häufig das Aquarium am Fenster steht, und ginge es uns um eine »allgemeine Theorie der Flaschen, die durch das Zusammentreffen mit einem Ball ins Aquarium fallen und sich unbeschädigt mit Wasser füllen«, eine Theorie, die sämtliche Flaschen, Kinder, Häuser, Höfe, Goldfische, Aquarien und Fenster berücksichtigen würde, so kann man getrost sagen, daß wir zu einer solchen statistischen Theorie niemals gelangen werden.

Die für die Rekonstruktion der Geschichte des Sonnensystems einschließlich des Lebens auf der Erde entscheidende Frage lautet: War das, was sich damals in der Galaxie ereignet hat, etwas Ähnliches wie beim einfachen Zerbrechen von Flaschen, das sich statistisch erwarten läßt, oder etwas Ähnliches wie bei dem Abenteuer mit dem Ball und dem Aquarium?

Phänomene, die statistisch berechenbar sind, gehen nicht plötzlich an einer eindeutigen Grenze, sondern ganz allmählich in statistisch unberechenbare Phänomene über. Die Haltung des Wissenschaftlers ist die eines kognitiven Optimismus, denn er nimmt an, daß die von ihm untersuchten Objekte berechenbar seien. Am schönsten ist es, wenn sie in deterministischer Weise berechenbar sind: Der Einfallswinkel ist gleich dem Reflexionswinkel, ein in Wasser getauchter Körper verliert genau so viel von seinem Gewicht, wie das von ihm verdrängte Wasser wiegt, und so weiter. Ein wenig schlimmer ist es, wenn an die Stelle der Gewißheit die berechenbare Wahrscheinlichkeit tritt. Ganz schlimm ist es aber, wenn sich überhaupt nichts berechnen läßt. Es wird oft gesagt, daß dort, wo man nichts berechnen, also nichts vorhersehen kann, das Chaos herrsche. In den exakten Wissenschaften bedeutet »Chaos« jedoch keineswegs, daß wir überhaupt nichts darüber wissen, daß wir es mit einer Art von »absoluter Unordnung« zu tun haben. Eine »absolute Unordnung« gibt es überhaupt nicht, und erst recht kann bei der beschriebenen Geschichte mit der Flasche und dem Ball von Chaos keine Rede sein; für sich genommen, unterliegt jedes Ereignis den Gesetzen der Physik, und zwar der deterministischen, nicht der Quantenphysik, denn meßbar ist sowohl die Kraft, mit der das Kind gegen den Ball stieß, als auch der Winkel, unter dem Ball und Flasche zusammenprallten, sowohl die Geschwindigkeit dieser beiden Körper in diesem Augenblick als auch die Bahn, auf der die Flasche sich bewegte, nachdem sie von dem Ball abgeprallt war, und schließlich auch die Geschwindigkeit, mit der die Flasche, nachdem sie ins Aquarium gefallen war, sich mit Wasser füllte. Jede einzelne Etappe dieses Geschehens unterlag, für sich genommen, grundsätzlich der Physik und war damit berechenbar, doch die aus allen Etappen zusammen bestehende Serie ist nicht berechenbar (man kann also nicht feststellen, wie häufig das, was in diesem Falle eben geschehen ist, geschehen kann). Das Problem besteht darin, daß sämtliche Theorien »von großer Reichweite«, mit denen die Physik operiert, unvollständig sind, weil sie nichts über die Anfangsbedingungen aussagen. Die Anfangsbedingungen müssen gesondert von außen in die Theorie eingeführt werden. Wenn aber bestimmte Anfangsbedingungen per Zufall exakt erfüllt sein müssen, damit die ebenfalls sehr genau präzisierten Anfangsbedingungen für das nächste Ereignis entstehen usw., dann wird, wie man sieht, eine Gewißheit, die über den Bereich der Wahrscheinlichkeiten hinausgeht, zu einer Unbekannten, über die man lediglich noch sagen kann, daß »etwas überaus Sonderbares geschehen ist«.

Deshalb sagte ich zu Anfang, daß die Welt eine Anhäufung von zufälligen Katastrophen sei, die von strengen Gesetzen bestimmt sind.

Die Frage, wie oft im Kosmos das geschieht, was mit der Sonne und mit der Erde geschehen ist, kann man bislang nicht beantworten, denn man weiß nicht, in welche Kategorie von Ereignissen man diesen Fall einordnen soll. Durch Erkenntnisfortschritte in Astrophysik und Kosmogonie wird sich das Problem nach und nach klären. Vieles von dem, was die Fachleute 1971 auf der CETI-Konferenz in Bjurakan sagten, ist nicht mehr aktuell oder hat sich als eine falsche Vermutung erwiesen. Demnach kann man sicher sein, daß viele Probleme, die heute noch ein Rätsel darstellen, in zehn und um so mehr in zwanzig Jahren, zu Beginn des 21. Jahrhunderts, eine Erklärung finden werden.

Eine gewaltige, wenn nicht sogar die entscheidende Rolle bei der Entstehung des Lebens auf der Erde hat der Mond gespielt. Es hat nur in wäßrigen Lösungen bestimmter chemischer Verbindungen entstehen können, und zwar nicht in den Tiefen des Ozeans, sondern in ufernahen Untiefen; auf den Uranfang des Lebens in diesen Lösungen hat beschleunigend der Umstand eingewirkt, daß sie häufig (aber nicht übermäßig) durchmischt wurden, und das besorgten Ebbe und Flut, deren Ursache nun aber der Mond war.

Über die Entstehungsweise der Monde sämtlicher Planeten wissen wir übrigens sehr viel weniger als über die Entstehungsweise der Planeten selbst. Vorläufig können wir nicht ausschließen, daß die Entstehung von planetaren Satelliten etwas »Außergewöhnliches« ist, so daß sie der Geschichte mit der Flasche und dem Aquarium entsprechen würde. Es scheint, daß der normale Aufprall der Explosionswelle einer Supernova genügt, um eine protosolare Nebelscheibe ringförmig zu fragmentieren, aber um die Kondensation von Monden um die Planeten auszulösen, war es möglicherweise notwendig, daß sich zwei Kugelwellen überkreuzten, wie sie sich auf der Oberfläche eines Gewässers ausbreiten, wenn man gleichzeitig und nicht weit voneinander entfernt zwei Steine hineinwirft. Mit anderen Worten: vielleicht bedurfte es für die Entstehung von Monden nach einer ersten, nahen Supernova einer zweiten, ebenfalls in nicht allzu großer Entfernung vom Ursonnensystem. Wenn nicht all diese Fragen eine Antwort erhalten werden, so werden doch auf jeden Fall Antworten kommen, und damit wird die Wahrscheinlichkeit der Entstehung von Leben im Kosmos (auch als dessen biogenetische Ergiebigkeit oder Frequenz bekannt) einen angenäherten quantitativen Wert erhalten. Es könnte sich herausstellen, daß dies ein beträchtlich hoher Wert ist, so daß wir es als wahrscheinlich betrachten dürfen, daß es auf den zahlreichen Planeten jener Billionen Galaxien, die uns umgeben, Leben in unzähligen, vielfältigen Gestaltungen gibt. Doch selbst, wenn das der Fall sein sollte, werden Bücher mit den von mir vorhergesagten Titeln erscheinen. Warum das geschehen wird, will ich nun erklären. Ich möchte die bedrückende Tatsache mit zehn Worten andeuten: Ohne globale Katastrophe des Lebens gäbe es den Menschen nicht.

IV

Wodurch unterscheidet sich die neue Vorstellung über das Leben im Kosmos von der bisherigen? Es war seit langem bekannt, daß der planetaren Geburt des Lebens eine lange Serie bestimmter Ereignisse vorausgehen muß, angefangen mit der Entstehung eines langlebigen und ruhig strahlenden Sterns vom Typ der Sonne, und daß dieser Stern eine Planetenfamilie bilden muß. Dagegen war nicht bekannt, daß die Spiralarme einer Galaxie abwechselnd Geburtsstätten und Guillotinen des Lebens sind (oder sein können), je nachdem, in welchem Entwicklungsstadium die sternbildende Materie durch die Spirale hindurchwandert und an welcher Stelle des Arms diese Passage erfolgt.

Bei dem erwähnten Symposion in Bjurakan hat außer mir niemand die Auffassung vertreten, daß die Verteilung der Himmelskörper, auf denen Leben entsteht, in spezifischer Weise abhängig sei von Vorgängen, die über die Größenordnung von Planeten und Sternen hinausweisen, weil sie nämlich von galaktischen Ausmaßen sind. Natürlich habe auch ich nicht gewußt, daß die Bewegung der sternbildenden Wolke auf dem Korotationskreis zur Kette dieser Vorgänge gehört, daß es der »richtigen« Synchronisation zwischen der Sternbildung innerhalb einer solchen Wolke und den Eruptionen von Supernovae außerhalb bedarf und daß außerdem – conditio, sine qua non est longa vita – ein System, in dem die Biogenese begonnen hat, schleunigst aus dem turbulenten Bereich der Spirale heraus »muß« in die stille Leere des Raumes zwischen den Armen.

Seit Ende der siebziger Jahre ist es Mode geworden, die kosmogonischen Hypothesen um einen Faktor zu bereichern, den man *Anthropic Principle* nennt. Dieser Faktor reduziert das Rätsel der Anfangsbedingungen des Kosmos auf ein Argument *ad hominem*: Wären jene Bedingungen radikal andere gewesen, als sie es in Wirklichkeit waren, so wäre diese Frage nicht entstanden, denn dann würde es auch uns nicht geben.

Man erkennt unschwer, daß das *Anthro-*

pic Principle genaugenommen (der Homo sapiens ist deshalb entstanden, weil diese Möglichkeit schon im Urknall, also in den Anfangsbedingungen des Universums enthalten war) wissenschaftlich genausoviel taugt wie ein »Chartreuse Liqueur Principle« als kosmogonisches Kriterium. Gewiß wurde die Erzeugung dieses Likörs durch die Eigenschaften der Materie DIESES Kosmos ermöglicht, doch kann man sich die Geschichte DIESES Kosmos, DIESER Sonne, DIESER Erde und DIESER Menschheit sehr wohl OHNE die Entstehung von Chartreuse vorstellen. Dieser Likör ist entstanden, weil die Menschen sich lange mit der Erzeugung verschiedener Getränke befaßt haben, darunter auch solcher, die Alkohol, Zucker und Pflanzenextrakte enthalten. Dies ist eine sinnvolle, wenn auch allgemeine Antwort. Wenn dagegen auf die Frage nach der Entstehung dieses Likörs geantwortet wird, daß er entstanden sei, »weil die Anfangsbedingungen des Kosmos entsprechend waren«, so ist diese Antwort in geradezu lächerlicher Weise unzureichend. Ebensogut könnte man behaupten, daß der Volkswagen oder die

Briefmarke ihre Entstehung den Anfangsbedingungen des Weltalls verdanken. Eine solche Antwort erklärt *ignotum per ignotum*. Zugleich stellt sie einen *circulus in explicando* dar: Es entstand, was entstehen *konnte*. Eine solche Antwort geht an der auffälligsten Besonderheit des Urkosmos vorbei. Nach der herrschenden Urknalltheorie ist der Kosmos mit einer Explosion entstanden, die gleichzeitig die Materie, die Zeit und den Raum schuf. Die machtvolle Ausstrahlung der weltschöpferischen Explosion hat Spuren im Kosmos hinterlassen, die auch heute noch zu beobachten sind, denn ihre Überreste sind als Hintergrundstrahlung allgegenwärtig. In den rund 20 Milliarden Jahren seit der Entstehung des Kosmos konnte die Strahlung seines ersten Augenblicks bis auf einige Grad über dem absoluten Nullpunkt abkühlen. Die Intensität dieser Reststrahlung muß jedoch nicht in allen Himmelsrichtungen homogen sein. Der Kosmos ist aus einem Punkt von unendlicher Dichte hervorgegangen und hat sich innerhalb von 10^{-35} Sekunden zur Größe eines Fußballs ausgedehnt. Bereits in diesem

Augenblick war er zu groß, und er dehnte sich allzu schnell aus, als daß er vollkommen homogen hätte bleiben können. Die kausalen Zusammenhänge zwischen Ereignissen sind begrenzt durch eine höchste Geschwindigkeit der Einwirkung, und das ist die Lichtgeschwindigkeit. Nur in Gebieten mit einem Umfang von 10^{-25} Zentimetern haben solche Zusammenhänge bestehen können, und in einem Kosmos von der Größe eines Fußballs hätten 10^{78} solcher Gebiete Platz gefunden. Was in den einen Gebieten geschah, hat somit nicht auf Vorgänge in anderen einwirken können. Der Kosmos muß sich also in inhomogener Weise ausgedehnt haben, ohne die Symmetrie jener überall identischen Eigenschaften zu bewahren, die wir in ihm beobachteten. Was die Urknalltheorie dennoch rettet, ist die Hypothese, daß bei der Schöpfungsexplosion gleichzeitig eine ungeheure Anzahl von Welten entstanden ist. Unser Kosmos war nur eine davon. Die Theorie, welche die Homogenität des aktuellen Kosmos mit der unmöglichen Homogenität seiner Ausdehnung durch die Annahme in Einklang bringt, daß der Urkosmos nicht ein Universum, sondern ein POLIVERSUM darstellte, wurde 1982 veröffentlicht. Man kann die Hypothese vom POLIVERSUM in meinem Büchlein »Imaginäre Größe« finden, das ich zehn Jahre früher (im Jahre 1972) verfaßt habe. Die Ähnlichkeit meiner Hypothesen mit später aufgetauchten Theorien ermutigt mich zu weiteren Mutmaßungen.

Erinnern wir uns der Flasche, die von dem Ball abprallte und durch das offene Fenster ins Aquarium fiel. Zwar läßt sich die statistische Wahrscheinlichkeit eines solchen Falles nicht berechnen, aber wir verstehen dennoch, daß dieser Fall möglich war (daß er also, nicht zu den Naturgesetzen im Widerspruch stehend, kein Wunder war), und wir verstehen ebenso, daß, wäre die Flasche in ein Aquarium gefallen, das voller fauligem Wasser und toten Fischlein war, und hätte sie dabei dieses Wasser so verspritzt, daß einige Eierchen des Fischlaichs in einen in der Nähe stehenden Eimer mit reinem Wasser gefallen wären, wodurch aus diesem Laich lebende Fischlein hervorgegangen wären, dies ein *noch* selteneres, *noch* ungewöhnlicheres Ereignis gewesen wäre als ohne diesen Eimer, diesen Laich und die nachfolgenden Fischlein.

Nehmen wir nun an, daß weiterhin Kinder mit dem Ball spielen, daß weiterhin jemand aus dem oberen Stockwerk von Zeit zu Zeit Flaschen in den Hof wirft, daß eine weitere leere Flasche, abgeprallt von dem Ball (der wiederum die Bahn ihres Falles geschnitten hat), diesmal so in den Eimer fliegt, daß die aus dem Laich hervorgegangenen Fischlein, mit dem Wasser herausgeschleudert, in das auf dem Elektroherd siedende Schmalz fallen und die Wohnungsinhaberin, die Pommes frites braten wollte, bei ihrer Rückkehr in die Küche gebratene Fischlein in der Pfanne findet.

Wäre das nun schon eine »absolute Unmöglichkeit«? Das kann man nicht behaupten. Man kann lediglich sagen, daß es sich um einen Zufall *sui generis* gehandelt habe, der sich in vollem Umfang (angefangen mit dem ersten Hinauswerfen der Flasche aus dem Fenster) ein zweites Mal nicht mehr *genauso* ereignen wird. Das wäre schlechterdings unwahrscheinlich. Es bedarf nur der allergeringsten Abweichung, und schon fällt die Flasche nicht mehr in die Küche, weil sie nicht von dem Ball abprallt, »wie es sich gehört«, oder sie fällt in die Küche, aber zerschellt auf dem Fußboden, oder sie versinkt im Aquarium, und weiter geschieht nichts, oder sie schleudert doch ein Bröckchen Laich heraus, aber es wird daraus nichts, weil der Laich nicht in den Eimer trifft, oder er trifft doch in den Eimer, aber der ist vielleicht leer, oder er enthält Wäsche, die eingeweicht wurde mit einem Waschpulver, das für die Fischlein tödlich ist, und dergleichen mehr. Mit der Einführung des *Anthropic Principle* in die Kosmogonie erklären wir die Entstehung des Menschen zu einem Sachverhalt, der die Evolution des Lebens auf der Erde mit der Vernunft krönte, weil die Entstehung vernunftbegabter Wesen um so wahrscheinlicher ist, je länger eine solche Evolution dauert. Nun will ich das Gebiet der Urteile, die heute als gesichert oder einigermaßen gesichert gelten, verlassen und erklären, was die Wissenschaft des kommenden Jahrhunderts zu diesem Problem feststellen wird.

V

Zunächst wird das Beweismaterial zusammengetragen, das darauf hindeutet, daß jener Ast des Evolutionsbaumes, der die Säugetiere hervorbrachte, sich nicht verzweigt und ihnen nicht die Vorherrschaft unter den Tieren eingeräumt hätte, wenn nicht vor rund 65 Millionen Jahren, am Übergang zwischen Kreidezeit und Tertiär, eine Katastrophe die Erde heimgesucht hätte in Gestalt eines riesigen Meteoriten, der dreieinhalb bis vier Trillionen Tonnen wog.

Die führenden Tiere waren bis zu jenem Zeitpunkt die Saurier gewesen. Sie hatten zweihundert Millionen Jahre lang zu Lande, im Wasser und in der Luft dominiert. Die Evolutionstheoretiker haben bei dem Versuch, die Ursache ihres plötzlichen Aussterbens am Ende des Mesozoikums zu erklären, jenen Sauriern die Merkmale heutiger Reptilien zugeschrieben, die wechselwarm sind und primitiv gebaute Organe haben sowie einen nackten Körper, der lediglich mit Schuppen oder mit einem Hornpanzer bedeckt ist; außerdem haben sie bei dem Versuch, anhand von aufgefundenen Skelettresten das Aussehen und die Lebensweise jener Tiere zu rekonstruieren, die Rekonstruktion ihren Vorurteilen angepaßt. Man könnte diese Vorurteile als einen »Chauvinismus des Säugetiers« bezeichnen, und ein solches ist ja auch der Mensch. Die Paläontologen haben beispielsweise behauptet, die großen vierbeinigen Saurier wie etwa die Brontosaurier seien überhaupt nicht imstande gewesen, sich auf dem Trockenen zu bewegen, und hätten ihr Leben in flachen Gewässern zugebracht und sich von Wasserpflanzen ernährt; andere Saurier, die auf zwei Beinen gingen, hätten sich zwar auf dem Trockenen aufgehalten, aber sich ungeschickt bewegt und lange, schwere Schwänze hinter sich hergeschleppt usw.

Erst in der zweiten Hälfte des 20. Jahrhunderts hat man zugeben müssen, daß die Saurier des Mesozoikums ebenso Warmblüter gewesen sind wie die Säugetiere, daß ihre zahlreichen Arten – insbesondere die fliegenden – ein Haarkleid besaßen, daß die zweibeinigen Saurier keineswegs langsam gegangen sind und einen Schwanz hinter sich hergeschleppt haben, sondern daß sie ebenso schnell liefen wie die Strauße, obwohl sie hundert-, ja zweihundertmal schwerer waren als sie, während der Schwanz, durch spezielle Sehnenbänder waagerecht gehalten, während des Laufs ein Gegengewicht zu dem vorgestreckten Rumpf bildete. Man hat zugeben müssen, daß selbst die allergrößten Gigantosaurier sich ungehindert zu Lande bewegen konnten und daß es töricht ist, von einer »Primitivität« der Saurier zu sprechen. Da ich mich hier nicht auf einen gründlichen Vergleich zwischen ausgestorbenen und heutigen Gattungen einlassen kann, möchte ich nur an einem Beispiel zeigen, was für eine seither nie wieder erreichte Leistungsfähigkeit bestimmte Flugsaurier besaßen. Der »biologische Flugrekord« gebührt keineswegs den Vögeln (und noch viel weniger den fliegenden Säugetieren, den Fledermäusen). Das größte Tier der irdischen Lufthülle ist *Quetzalcoatlus Northropi* gewesen, der an Körpermasse den Menschen übertraf. Er ist übrigens nur einer aus einer Gruppe von Gattungen gewesen, die den Namen *Titanopterygia* erhielt. Das waren Saurier, die über dem Meer schwebten und sich von Fischen ernährten. Man weiß nicht, wie sie landen und sich in die Lüfte aufschwingen konnten, denn bei dem Gewicht ihres Körpers erforderte das eine Kraft, wie sie die Muskeln heute lebender Tiere (so auch der Vögel) nicht zu entfalten vermögen. Als man in Texas und in Argentinien Überreste von ihnen fand, vermutete man zunächst, daß diese Riesen der Luft, die mit ihrer Flügelspannweite Kleinflugzeugen, ja sogar größeren Flugzeugen (13 bis 15 Meter) gleichkamen, auf Steilhängen gelebt und genistet haben, von denen sie sich mit ausgebreiteten Flügeln in die Luft warfen. Wenn sie nicht fähig gewesen wären, aus der Ebene zu starten, wäre jeder, der sich auch nur einmal auf flachem Grund niederließ, zum Tode verurteilt gewesen. Einige dieser großen Gleitflieger nährten sich von Aas – und das findet man nicht auf felsigen Höhen. Überdies wurden ihre riesigen Knochen in berglosen Gegenden gefunden. Wie diese Saurier geflogen sind, ist für die Fachleute der Aerodynamik ein Rätsel. Keine der Hypothesen, die zur Erklärung dieses Rätsels vorgebracht worden sind, ließ sich aufrechterhalten. Kolosse von der Art des Quetzalcoatl konnten sich nicht auf Bäumen niederlassen, denn das hätte bedeutet, daß sie sich häufig verletzt oder die Flügel gebrochen hätten. Das größte, uns bekannte Exemplar eines flugfähigen Vogels ist ein bestimmter ausgestorbener Geier, dessen Flügelspannweite beinahe sieben Meter betrug; bei einer Verdoppelung dieser Größe entsteht ein ungeheurer Energiebedarf für das Auffliegen. Es war auch nicht möglich, daß die großen Flugsaurier mit einem Anlauf starteten, denn dafür waren ihre Beine zu kurz und zu schwach.

Als der Vorwurf, die Saurier seien an ihrer »Primitivität« zugrunde gegangen, hinfällig wurde, ersetzte man ihn durch den gegenteiligen einer zu weit getriebenen Spezialisierung. Die Saurier sollen untergegangen sein, weil sie, allzu eng an die herrschenden Umweltbedingungen angepaßt, dem Verhängnis einer Klimaänderung zum Opfer fielen. Klimatische Veränderungen hat es in der Geschichte der Erde tatsächlich gegeben. Jeder weiß von den Eiszeiten. Auch der Vernichtung von Leben am Übergang von der Kreidezeit zum Tertiär ist eine Abkühlung vorausgegangen. Sie hat dann jedoch keine Eiszeit nach sich gezogen. Wesentlicher ist aber, daß bei keiner Klimaänderung jemals so viele Tier- und Pflanzenarten auf einen Schlag ausgestorben sind. In den geologischen Schichten der anschließenden Periode sind plötzlich keine fossilen Überreste mehr von ihnen zu finden. Wie Berechnungen ergeben haben, ist damals kein Tier mit einem Körpergewicht von mehr als zwanzig Kilogramm mit dem Leben davongekommen. Auch haben ähnliche Hekatomben niemals den ganzen Globus umfaßt. Damals sind viele wirbellose Tiere ausgestorben, und zwar nahezu gleichzeitig zu Lande und in den Meeren. Es geschah so etwas wie bei einer der biblischen Plagen: Der Tag wurde zur Nacht, und diese Dunkelheit hielt ungefähr zwei Jahre an. Nicht nur, daß die Sonne von der gesamten Erdoberfläche aus nicht mehr zu sehen war, sondern die Strahlung, die dennoch durchdrang, lieferte ein schwächeres Licht als der Vollmond. Alle großen Tiere, die ein Tagleben führten, kamen um, während kleine, rattenähnliche Säugetiere, die an die nächtliche Futtersuche angepaßt waren, erhalten blieben. Aus diesen Überresten des großen Tiersterbens sind im Tertiär neue Gattungen hervorgegangen, darunter auch jene, die in der Anthropogenese mündete. Die herrschende Dunkelheit schnitt die Erde von den solaren Energieströmen ab und vernichtete die Mehrheit der Grünpflanzen, da sie die Photosynthese unterband. Auch eine Vielzahl von Algen ist zugrunde gegangen. Auf weitere Einzelheiten können wir jedoch nicht eingehen.

Wir übergehen sie, weil der Mechanismus und die Folgen der Katastrophe zwar komplizierter waren als hier dargestellt, die *Dimensionen* der Katastrophe aber dieser Darstellung entsprechen.

Die Bilanz sieht folgendermaßen aus. Aus der bis zum Mesozoikum ausdifferenzierten Erbmasse konnte der Mensch nicht hervorgehen, weil diese Masse als Kapital in Gattungen angelegt war, die nicht zur Anthropogenese fähig waren. Die Investition war –

wie übrigens stets in der Evolution – nicht rückgängig zu machen. Dieses Kapital verfiel, doch aus den über die Erde verstreuten, erhalten gebliebenen Resten von Leben begann sich ein neues zu bilden. Dieses Kapital vermehrte sich dann bis hin zur Entstehung der Hominiden und Anthropoiden.

Wäre die gewaltige Investition der Evolution in die Thecodontia, Saurischia, Ornithischia, diese Dinosaurier, aber auch in die Rhamphorhynoidea und die Pterodactyloidea nicht vor 65 Millionen Jahren mit einem großen Bankrott zu Ende gegangen, dann würden nicht die Säugetiere unseren Planeten beherrschen. Unsere Entstehung verdanken wir jener Katastrophe. Wir sind entstanden und haben uns zu Milliarden vermehrt, weil Milliarden anderer Wesen der Vernichtung anheimfielen. Eben dies steckt in den Worten: »The World as Holocaust«. Die Suche der Wissenschaft nach Indizien hat jedoch lediglich zu der Erkenntnis geführt, daß unsere Gattung einen zufälligen Urheber hat, und zwar einen indirekten, wenngleich notwendigen Urheber. Schließlich hat nicht der Meteor uns geschaffen – er hat lediglich den Weg frei gemacht, als er durch massenhafte Vernichtung die Erde veröden ließ und damit Platz schuf für die folgenden Versuche der Evolution. Ob ohne die Meteoritenkatastrophe die Chance bestanden hätte, daß auf der Erde eine andere, nicht menschliche, nicht anthropoidale Form der Vernunft aufgetaucht wäre, bleibt eine offene Frage.

VI

Dort, wo es niemanden gibt – und damit auch keine Gefühle, weder freundliche noch feindselige, weder Liebe noch Böswilligkeit –, dort gibt es auch keine Absichten; da er weder eine Person noch die Schöpfung einer Person ist, kann man dem Kosmos absichtliche Parteilichkeit seines Handelns nicht vorwerfen: Er ist einfach so, wie er *ist*, und handelt so, wie er handelt: Er verwirklicht seine Schöpfungen durch Zerstörung. Bestimmte Sterne »müssen« zerplatzen und explosionsartig zerfallen, damit die in ihren »nuklearen Umwandlungsketten« entstandenen schweren Elemente sich ausbreiten und – Milliarden Jahre später – Planeten, also bisweilen auch organisches Leben begründen können. Andere Supernovae »müssen« in einer Katastrophe zerstört werden, damit die schon durch solche Explosionen komprimierten Wolken galaktischen Wasserstoffs zu sonnenähnlichen, langlebigen

Sternen kondensieren, welche gleichmäßig und ruhig ihre Planetenfamilie erwärmen, die ebenfalls ihre Entstehung Katastrophen verdankt.

Aber *muß* bei der Entstehung der Vernunft *gleichfalls* ein zerstörerischer Kataklysmus den Anstoß geben? Das 21. Jahrhundert wird diese Frage nicht definitiv beantworten. Es wird weitere sachliche Beweise sammeln und ein neues Bild entwerfen von einer Welt, die eine Anhäufung von zufälligen Katastrophen ist, welche von strengen Gesetzen beherrscht werden, aber in der hier angeschnittenen kritischen Frage wird es keine endgültige Erklärung geben können.

Allerdings wird es viele Illusionen zerstreuen, die bis auf den heutigen Tag in der Wissenschaft ihr Dasein fristen. So wird es zweifelsfrei feststellen, daß ein großes Gehirn durchaus nicht mit großer Intelligenz gleichzusetzen ist. Für ihre Entstehung ist ein solches Gehirn eine notwendige, aber nicht hinreichende Bedingung. Die außergewöhnliche Intelligenz, mit der angeblich die Delphine begabt sind, weil ihr Gehirn tatsächlich größer und komplexer ist als das des Menschen, diese Intelligenz der Delphine, über die in unserer Zeit so viel geschrieben wird, wird man zu den Fabeln rechnen müssen. Gewiß *brauchten* die Delphine dieses große Gehirn als Instrument der Anpassung, um in ein und demselben ozeanischen Milieu mit den sehr »dummen« Haien erfolgreich konkurrieren zu können; dank dieses großen Gehirns konnten die Delphine in eine ökologische Nische eindringen, die bereits seit Jahrmillionen von Raubfischen besetzt war, und sich in ihr behaupten, mehr aber auch nicht.

So kann man denn auch nichts darüber sagen, welche Chancen für das Aufleuchten von Intelligenz bei Sauriern bestanden hätten, wenn nicht die Katastrophe des Mesozoikums gewesen wäre.

Die Evolution *sämtlicher* Tiere (mit Ausnahme bestimmter Parasiten) ist durch eine allmähliche, aber beinahe ununterbrochene Zunahme der neuralen Masse gekennzeichnet. Doch selbst wenn diese Zunahme sich über Hunderte von Jahrmillionen, über Trias, Jura, Kreide, Tertiär usw. erstreckt haben sollte, würde auch das nicht die Entstehung von vernunftbegabten Echsen garantieren.

Die von Kratern übersäten Oberflächen sämtlicher Monde unseres Planetensystems sind gleichsam Fotografien der Vergangenheit, ein erstarrtes Bild vom Anfang dieses Systems, der ebenfalls eine Schöpfung durch Zerstörung gewesen ist. Alle Körper kreisen um die junge Sonne, und dabei überschnitten sich ihre Bahnen häufig, so daß es zwischen ihnen zu Kollisionen kam. Die Masse der großen Körper, also der Planeten, nahm durch solche Katastrophen zu, doch gleichzeitig »verschwanden« die mit den Planeten kollidierenden Körper von geringer Masse aus dem System. Vor etwa 4,9 Milliarden Jahren schob sich, wie schon gesagt, die Sonne mit ihrer Planetenfamilie aus der turbulenten Zone der galaktischen Spirale heraus und entschwebte in den friedlichen Raum. Das bedeutet jedoch durchaus nicht, daß es damals innerhalb des Sonnensystems gleichfalls friedlich zugegangen wäre. Es gab noch immer interne Kollisionen der Planeten mit Meteoriten und Kometen, als auf der

Erde schon Leben zu keimen begann, und außerdem kommt man aus einem Spiralarm nicht so heraus, wie man aus dem Haus auf die Straße tritt; das Vorkommen von Strahlung und von Sternen reißt nicht an einer Stelle plötzlich ab. Auch während der ersten Jahrmilliarde der Existenz von Leben war die Erde noch Schlägen ausgesetzt, allerdings von Supernovae, die weit genug entfernt waren, um nicht alles zu vernichten und sie in einen leblosen Globus zu verwandeln. Die aus stellaren Fernen eintreffende harte Strahlung (Röntgen- und Gammastrahlen) war ein zugleich zerstörerischer und schöpferischer Faktor, denn sie beschleunigte genetische Mutationen bei den Urorganismen. Manche Insekten sind für die mörderische Wirkung der Radioaktivität hundertmal unempfindlicher als Wirbeltiere. Das ist eigentlich sehr sonderbar, wenn man bedenkt, daß die Erbsubstanz sämtlicher lebenden Organismen einen im Prinzip identischen Aufbau zeigt und Abweichungen ungefähr auf die Unterschiede hinauslaufen, die wir bei Ziegel- und Steinbauwerken aus unterschiedlichen Kulturen,

Epochen und architektonischen Stilrichtungen beobachten. Das Baumaterial, seine Verbindungen und die das Ganze zusammenhaltenden Kräfte sind überall dieselben.

Die unterschiedliche Empfindlichkeit gegen die tödliche Kernstrahlung muß durch sehr weit zurückliegende Ereignisse hervorgerufen worden sein, und das sind sicherlich Katastrophen jener Epoche gewesen, in der, vor rund 430 Millionen Jahren, die Urinsekten oder vielmehr deren Vorfahren entstanden. Es ist jedoch nicht auszuschließen, daß die »Desensibilisierung« bestimmter organischer Formen gegen eine Strahlung, die für die meisten anderen tödlich ist, schon vor Milliarden Jahren erfolgt ist.

Wird es also im nächsten Jahrhundert zur Wiederbelebung jener Theorie kommen, die der französische Paläontologe und Anatom Cuvier um 1830 entwickelte und die als Katastrophentheorie bekannt ist? Prozesse von geologischem Ausmaß wie etwa Gebirgsbildungen, Klimaänderungen oder das Entstehen und Verschwinden von Meeren sind nach dieser Theorie als plötzliche, rasche Wandlungen, also als planetare Katastrophen aufgetreten. Ein Schüler Cuviers, d'Orbigny, hat diese Theorie um die Mitte des 19. Jahrhunderts weiterentwickelt; ihm zufolge soll das organische Leben auf der Erde mehrfach untergegangen und in aufeinanderfolgenden Schöpfungsakten wiedererstanden sein. Diese Verknüpfung von Katastrophen- und Schöpfungstheorie wurde durch Darwins Theorie zu Grabe getragen. Das war jedoch ein vorzeitiges Begräbnis. Katastrophen von allergrößtem, nämlich kosmischem Ausmaß sind eine unerläßliche Bedingung für die Evolution der Sterne und des Lebens. Erst der menschliche Geist hat die Alternative »entweder Zerstörung oder Schöpfung« aufgestellt und sie seit Anbeginn unserer Geschichte der Welt übergestülpt. Daß Zerstörung und Schöpfung einander kategorisch ausschließen, war für den Menschen eine Selbstverständlichkeit, vermutlich seit er begriffen hatte, daß er sterblich ist, und seinen eigenen Tod als Gegensatz zu seinem Lebenswillen empfand. Dieser Gegensatz liegt sämtlichen Kulturen zugrunde, und man findet ihn in den ältesten Mythen, Schöpfungslegenden und religiösen Glaubensvorstellungen ebenso wie in der einige zehntausend Jahre später entstandenen Wissenschaft. Der Glaube hat ebenso wie die Wissenschaft die sichtbare Welt mit Eigenschaften ausgestattet, welche den blinden, unberechenbaren Zufall als Urheber allen Geschehens aus ihr verdrängen. Der Kampf des Guten mit dem Bösen, der in allen Religionen vorkommt, endet nicht in allen mit dem Triumph des Guten, aber er bestimmt die – und sei es als Verhängnis – erkennbare *Ordnung* des Daseins. Die *Ordnung* aller Dinge ist das Fundament sowohl des Sakralen wie des Profanen. Deshalb ist in keiner der historischen Religionen jemals der *Zufall* als höchste Instanz alles Seienden aufgetaucht, und deshalb auch hat die Wissenschaft sich so lange gesträubt, die ebenso schöpferische wie unberechenbare Rolle des Zufalls bei der Gestaltung der Wirklichkeit anzuerkennen.*

Die menschlichen Religionen lassen sich grob einteilen in eher »tröstende« und solche, die lediglich die vorgefundene Welt

---

* In den heiligen Büchern sämtlicher Religionen kommt das Wort »Zufall« nicht vor.

»ordnen«. Die ersteren verheißen Belohnung, Erlösung und Rechenschaft über Sünden und Verdienste, gekrönt durch eine letztendliche Gerechtigkeit im Jenseits, sie fügen also der ach so unvollkommenen Welt eine vollkommene Fortsetzung im Jenseits an. Vermutlich ist es gerade diese Befriedigung unserer Ansprüche gegen die Welt, der diese Religionen ihr jahrhundertelanges Fortbestehen und die Erstarrung einer in Generationen gefestigten Dogmatik verdanken.

Statt Trost und der Verheißung göttlicher Gerechtigkeit in einer vollkommen geordneten Ewigkeit (denn was man auch immer über das Paradies und über die Erlösung sagen mag, es gibt dort nicht eine Spur von Zufall: niemand wandert aufgrund eines göttlichen Irrtums oder einer Unachtsamkeit der Vorsehung in die Hölle, und es gerät auch niemand in posthume Bedrängnis, weil er durch irgendeinen Fehler nicht ins Nirwana gelassen wird) haben die inzwischen erloschenen Mythen eine Ordnung vermittelt, die oft grausam, aber notwendig war, also gleichfalls nicht einem Lotteriespiel glich.

Der Zweck aller Kultur war und ist es, jegliche Willkür, jeglichen Zufall im Glanze des Wohlwollens oder zumindest der Notwendigkeit erscheinen zu lassen. Das ist der gemeinsame Nenner aller Kulturen, die Quelle der »Normalisierung« des Verhaltens in Ritualen, in allen Geboten und in jedem Tabu: Überall soll alles *einem einzigen* Maßstab gehorchen. Das Zufällige haben die Kulturen in kleinen vorsichtigen Dosen in sich aufgenommen – in Gestalt von Spielen und Vergnügungen, zum Zweck der Unterhaltung. Als Spiel oder Lotterie gezähmt und gebändigt, hat der Zufall aufgehört, eine berückende und gefährliche Kategorie zu sein. Wir spielen in der Lotterie, weil wir spielen möchten. Niemand zwingt uns dazu. Der gläubige Mensch sieht es ebenfalls als Zufall an, wenn ihm ein Glas zerbricht oder eine Wespe ihn sticht, aber den Tod führt er nicht auf den Zufall zurück; unbewußt scheint er zu glauben, daß Gottes Allmacht und Allwissenheit den Zufällen nur eine *untergeordnete* Rolle zuweist. Die Wissenschaft hat den Zufall als Effekt einer *einstweilen* noch unvollständigen Erkenntnis aufgefaßt, als

Ergebnis *unserer* Unwissenheit, die durch weitere Entdeckungen beseitigt werden würde. Das ist kein Scherz; Einstein scherzte durchaus nicht, als er sagte: »Der Herrgott würfelt nicht«, denn: »He is sophisticated but He is not malicious«, was besagen sollte: Es ist *schwierig*, die Ordnung der Welt zu erkennen, aber *möglich* ist es, denn sie ist der Vernunft zugänglich.

Das ausgehende 20. Jahrhundert bringt nun eine allgemeine Abkehr von diesen in Jahrtausenden hartnäckig und verzweifelt behaupteten Positionen. Die Alternative »Zerstörung *oder* Schöpfung« muß schließlich aufgegeben werden. Gewaltige, dunkle Wolken kalten Gases, die in den Armen der Galaxien kreisen, zerfallen allmählich in Fragmente, die ebenso unvorhersehbar sind wie die Splitter eines zerspringenden Glases. Die Naturgesetze machen sich nicht *trotz* der Zufälle, sondern *durch* sie geltend. Die statistische Furie der Sterne, die milliardenfach abortieren, um einmal Leben zu gebären, das in Millionen von Gattungen durch eine zufällige Katastrophe hingemordet wird, um einmal in der Vernunft zu gipfeln –

das ist die Regel und nicht die Ausnahme im Weltall. Sonnen entstehen aus der Vernichtung anderer Sterne, und in der gleichen Weise gerinnen die Überreste prästellarer Wolken zu Planeten. Das Leben ist einer der seltenen Gewinne in dieser Lotterie, und die Vernunft ist ein noch ungewöhnlicherer Gewinn in weiteren Ziehungen, verdankt sie ihre Entstehung doch der natürlichen Auslese, also dem Tod, der diejenigen, die ihm entgehen, vervollkommnet, und Katastrophen, welche die Chance des Auftretens vernunftbegabter Wesen plötzlich erhöhen können. Daß der Aufbau der Welt mit dem Aufbau des Lebens zusammenhängt, steht inzwischen außer Zweifel, doch ist der Kosmos ein ungeheuer verschwenderischer Investor, der das Anfangskapital im Roulette der Galaxien verschleudert, aber er hat einen Mitarbeiter, der eine gewisse Regelmäßigkeit in dieses Spiel hineinbringt: das Zufallsgesetz der großen Zahl. Der Mensch, geformt durch jene Eigenschaften der Materie, die zusammen mit der Welt entstanden sind, erweist sich als eine seltene Ausnahme von der Regel der Zerstörung, als ein Übriggebliebener von Verheerungen und Brandopfern. Schöpfung und Zerstörung sind einander bedingende Sachverhalte, vor denen es keine Ausflucht und gegen die es keine Berufung gibt.

Dies ist das Bild, das die Wissenschaft Schritt für Schritt schafft; bislang kommentiert sie es nicht, sondern sie begnügt sich damit, es aus den Entdeckungen der Biologie und aus kosmogonischen Rekonstruktionen – wie ein Mosaik aus nach und nach gefundenen Steinchen – zusammenzusetzen. Hier könnte ich eigentlich einen Punkt machen, doch möchte ich noch einen Augenblick bei der letzten Frage verweilen, die man stellen darf.

VII

Das Bild der Wirklichkeit, das von der Wissenschaft des 21. Jahrhunderts verbreitet werden wird, konnte ich skizzieren, weil seine Umrisse sich schon heute in der Wissenschaft abzeichnen.

Es sind die besten Fachleute, die dieses Bild schaffen und ihm die Echtheitsgarantie verleihen. Die Frage, mit der ich weitergehen möchte, dorthin, wo man selbst mit Vermutungen nicht mehr hingelangt, gilt der Dauerhaftigkeit dieses Bildes, sie lautet also, ob es nun das letzte, endgültige Bild sein wird.

Die Geschichte der Wissenschaft lehrt, daß jedes der Weltbilder, die sie schuf, jeweils als endgültig betrachtet wurde, dann aber doch Korrekturen erfuhr, bis es schließlich zerfiel wie das Muster eines zerschlagenen Mosaiks, und daß nachfolgende Generationen sich dann von neuem darangemacht haben, es zusammenzufügen. Die verschiedenen Religionen beruhen auf Dogmen, deren Ablehnung stets zunächst einer abscheulichen Ketzerei und dann der Entstehung einer anderen Konfession gleichkam. Ein Glaube, der in seinen Anhängern lebt, ist eine letzte, endgültige und damit unwiderrufliche Wahrheit. Die »Gewißheiten«, welche die wissenschaftliche Erkenntnis auszeichnen, sind »nicht gleichermaßen gewiß«; auch deutet nichts darauf hin, daß wir uns dem Ziel der Erkenntnis nähern, der letztlichen Vereinigung des unumstößlichen Wissens mit der nicht zu beseitigenden Unwissenheit. Es steht außer Zweifel, daß die Erkenntnisse, die durch den materiellen Erfolg ihrer Anwendung beglaubigt sind, zugenommen haben. Wir wissen mehr als unsere Vorgänger im 19. Jahrhundert, und sie wußten wiederum mehr als ihre wissenschaftlichen Vorväter; zugleich erkennen wir jedoch die Unerschöpflichkeit der Welt, die Grenzenlosigkeit des Eindringens in die Geheimnisse der Materie, denn jedes Atom, jedes »Elementarteilchen« erweist sich als ein unergründlicher Brunnen, und allein schon diese uns verblüffende Unergründlichkeit der Erkenntnis – irgendwie haben wir alle uns freilich schon an dieses Marathon ohne Ende gewöhnt – läßt jedes »endgültige Bild der Wirklichkeit« zweifelhaft erscheinen. Vielleicht wird sich auch das *principium creationis per destructionem* als eine Etappe unserer Erkenntnis erweisen, die einen menschlichen Maßstab an etwas anlegt, was so unmenschlich ist wie das Universum. Vielleicht wird mit den nicht mehr menschlichen, für unsere armen Tiergehirne nicht erreichbaren, allzu komplizierten Maßstäben einmal ein *Deus ex Machina* zurechtkommen: die entfremdete, von uns begründete Vernunft der Maschinen oder vielmehr der außermaschinellen Früchte der nur von den Menschen in Gang gesetzten Evolution des synthetischen Intellekts. Aber indem ich das sage, gehe ich bereits über das 21. Jahrhundert hinaus in ein Dunkel hinein, das von keiner Mutmaßung erhellt werden kann.

Berlin, im Mai 1983

Stanisław Lem
im Suhrkamp und im Insel Verlag

Das Hospital der Verklärung. Übersetzt von Caesar Rymarowicz. Übersetzung des Vorworts aus dem Polnischen von
Klaus Staemmler. st 2793. 271 Seiten

Imaginäre Größe. Übersetzt von Caesar Rymarowicz und
Jens Reuter. st 2580. 208 Seiten

Irrläufer. Erzählungen. Mit einem Vorwort von Stanisław
Lem. Übersetzt von Hanna Rottensteiner. Gebunden und
st 1890. 242 Seiten

Das Katastrophenprinzip. Die kreative Zerstörung im Weltall. Aus Lems Bibliothek des 21. Jahrhunderts. Übersetzt von
Friedrich Griese. st 999. 88 Seiten

Lokaltermin. Roman. Übersetzt von Hubert Schumann.
st 1455. 340 Seiten

Memoiren, gefunden in der Badewanne. Mit einer Einleitung des Autors. Übersetzt von Walter Tiel. Einleitung aus
dem Polnischen von Klaus Staemmler. st 508. 304 Seiten

Der Mensch vom Mars. Roman. Mit einem Nachwort von
Stanisław Lem. Übersetzt von Hanna Rottensteiner. Gebunden und st 2145. 160 Seiten

Mondnacht. Hör- und Fernsehspiele. Übersetzt von Klaus
Staemmler, Charlotte Eckert, Jutta Janke und Irmtraud Zimmermann-Göllheim. Gebunden und st 729. 271 Seiten

Nacht und Schimmel. Erzählungen. Übersetzt von Irmtraud
Zimmermann-Göllheim. st 356. 291 Seiten

Die phantastischen Erzählungen. Herausgegeben von Werner Berthel. Übersetzt von Caesar Rymarowicz. st 1525. 448 Seiten

Pilot Pirx. Erzählungen. Übersetzt von Roswitha Buschmann, Kurt Kelm, Caesar Rymarowicz und Barbara Sparing. st 3535. 548 Seiten

Provokationen. Aus dem Polnischen von Friedrich Griese, Jens Reuter und Edda Werfel. st 1773. 238 Seiten

Die Ratte im Labyrinth. Ausgewählt von Franz Rottensteiner. st 806. 274 Seiten

Riskante Konzepte. Essays. Übersetzt von Andreas Lawaty. Gebunden. 154 Seiten

Robotermärchen. Herausgegeben von Franz Rottensteiner. Übersetzt von Irmtraud Zimmermann-Göllheim. Mit Illustrationen von Daniel Mróz. st 4136. 148 Seiten

Der Schnupfen. Kriminalroman. Übersetzt von Klaus Staemmler. st 570. 202 Seiten

Sterntagebücher. Übersetzt von Caesar Rymarowicz. Mit Zeichnungen des Autors. st 3534. 528 Seiten

Die Stimme des Herrn. Roman. Übersetzt von Roswitha Buschmann. st 2494. 288 Seiten

Summa technologiae. Mit einem Vorwort des Autors zur deutschen Ausgabe. Übersetzt von Friedrich Griese. st 678. 661 Seiten

Die Technologiefalle. Essays. Übersetzt von Albrecht Lempp. Gebunden und st 3385. 320 Seiten

Der Unbesiegbare. Utopischer Roman. Übersetzt von Roswitha Dietrich. st 2459. 240 Seiten

Die Untersuchung. Kriminalroman. Übersetzt von Jens Reuter und Hans Juergen Mayer. Gebunden und st 435. 256 Seiten

Die vollkommene Leere. Übersetzt von Klaus Staemmler. »Die neue Kosmogonie« übersetzte I. Zimmermann-Göllheim. st 707. 259 Seiten

Der Weiße Tod. Gesammelte Robotermärchen. Übersetzt von Karl Dedecius, Irmtraud Zimmermann-Göllheim, Caesar Rymarowicz, Jens Reuter und Klaus Staemmler. st 3536. 466 Seiten

Wie die Welt noch einmal davonkam. Der Kyberiade erster Teil. Mit Zeichnungen von Daniel Mróz. Übersetzt von Jens Reuter, Caesar Rymarowicz, Karl Dedecius und Klaus Staemmler. St 1181. 186 Seiten

Stanislaw Lem/Stanislaw Beres. Lem über Lem – Gespräche. Übersetzt von Edda Werfel und Hilde Nürenberger. Gebunden. 386 Seiten